인생

최병도 시집

시음사
시사랑음악사랑

시인의 말

딱 한번 살아지는 삶이라면
가장 멋지고 아름답게 살아야 하지 않을까
그렇게 살려고 무던히 노력해보지만
마음대로 되지 않는 것이 인생,
그래도 포기하지 않고 노력하며 열심히 살았다
하루하루 살아가는 일상에서
눈으로 보고 느껴지는 삶을 그리며
글로 내 마음 표현하여
떨림과 설렘으로 시작하여 본다.
접할수록 많이 부족한 글,
부끄러움으로 고개 숙여지며
놀림이나 받지 않을까 망설여진다.
하지만 도전하지 않으면 더 큰 후회를 할 것 같아
용기를 내어 '인생'이라는 이름표를 달고
미흡하지만 나의 나래를 펼쳐본다
또한 많은 시련과 고달픔에도 잘 참고 견뎌 왔기에
오늘처럼 흔들리는 질병 코로나19도 참고 견디다 보면
금방 이 시기도 지나가리라
항상 곁에서 격려와 응원으로 힘이 되어 주는 사랑하는 이들에게
감사드리며
또한, 이들을 소중히 여기고 더불어 잘 살아 보리라 다짐해
본다
그리고 대한문인협회의 아낌없는 사랑에 감사드리며 앞으로도
무궁한 발전을 기원 드립니다.

시인 최병도

♣ 목차

QR 코드 스마트폰으로 QR 코드를 스캔하면
시낭송을 감상할 수 있습니다.

제목 : 한 잔
시낭송 : 최명자

제목 : 연꽃
시낭송 : 김지원

♣ 목차

 제목 : 첫눈
시낭송 : 최명자

 제목 : 당신은 누구세요
시낭송 : 박순애

♣ 목차

인생

거창한 무엇이 따로 있는 것 같지만
살다 보니 별것 없더라
또한 마음먹은 대로
되지도 않는 것이

쓰면 뱉고
달면 삼키며
슬프면 울고
기쁘면 웃으면서

많은 사람들과 부대끼며
살아가는 하루하루가
삶의 이야기가 되고
인생의 내용이 되어서

곁에 있는 이들을
소중히 여기며
이들에게 감사하는 마음으로
열심히 살아가는 것이리라

해돋이

매일 떠오르는 태양이지만
새해 해돋이를 보러
밀리고 밀리는 밤을 달려
해를 맞으러 바다로 왔다

검푸른 파도는 꿈틀꿈틀
선홍빛으로 진통을 하여
해를 밀어 올리고
황금빛으로 물들며

떠오른 태양은
눈부신 희망으로
찬란하게 빛나며
새해를 힘차게 출발하라 하네

울진의 죽변항에서

네가 있어 행복해

딸그락거리는 소리에
눈을 떴다
일요일 아침
이른 시간이지만
아내가 미루었던 설거지를 하는 모양이다
살며시 아내의 등을 포옹하며
커피를 청했다
아내의 살냄새가 좋다

아이들의 방문을 열었다
밤새 어디를 방황하다 돌아왔는지
곤히 자고 있다
이제는 많이 컸다고
잔소리도 듣기 싫다는
녀석들이지만
잠든 모습을 바라보니
어릴 적 추억이 가물거리며
예쁘고 사랑스럽다

희미한 거실 창 너머로
그리운 봄비가 내리며
미세먼지라는
뿌연 걱정 하나 지우고
한 잔의 커피를 베어
입맛을 다시니
문득 행복하다는
생각이 든다
너희들과 함께라서

돈

날개가 돋친 듯
가까이 가면 날아가 버리기도 하고
악착같이 잡으려 하면 엉뚱한 곳에서
물처럼 새버리기도 하지만

그래도 힘들게 일해서
사랑하는 사람을 위해 쓸 때는
보람으로
행복한 미소를 짓고

때로는 죽을 만큼 일하기 싫어도
사랑하는 사람을 위해
오늘도 웃으면서
하루를 시작한다.

하루

오늘도 어김없이
알람은
꿈속으로 찾아와
달콤한 잠을 깨운다

고요한 새벽 4시
창문 너머로
가로등은 졸리는 듯
꺼져가고

벗어 놓은 삶의 허물들은
뒤죽박죽이지만
희망으로 다독여
세상으로 나섰다

수 없이 반복되는 일상은
매일매일
해도 해도 끝이 없고
몸이 천근만근 지쳐서야

밤하늘별과 달을 벗 삼아
고달픔을 달래고
오늘 하루도 수고했다
스스로 위로하며 돌아온다.

11

한 달

하루하루 쉼 없이
달려온 길
열심히 살았기에
뿌듯하다

가겟세와 유지비를
지출하고도
두툼한 주머니에
기분 좋아

아내와 아이들을
근사한 곳으로 불러
고기도 굽고
은은한 포도주에 분위기를 띄우며

한 달 동안 쌓인
피로를 녹이고
행복으로 가득 채우며
달콤한 꿈으로 달려간다.

길

아무 생각 없이
길을 나섰다
어디로 갈 것인가
목적지도 없이

갈림길에서 걸음을 멈추었다
어느 곳으로 가야 하나
망설이다
쉬운 길을 택했다

쉬운 길도
가다 보니 울퉁불퉁 오르막길이 많아
힘이 들다
그렇다고 돌아설 수는 없다

늘 그렇듯
인생길에서
가지 못한 길을 동경하며
지금보다는 편하지 않았을까 뒤돌아본다.

일 년

하루 한 달
가는 세월이 빠르다
벌써 일 년의 마지막
해넘이를 바라보며

삼백예순다섯 날
비가 오나
눈이 오나
참! 야무지게 살았다

하지만
저물어 가는 끝자락에서는
아쉬움으로
흔들리며

뒤돌아보니
잘한 것보다
미련으로
후회가 밀려오는 이유는 무엇일까

한 해 동안 열심히 살았지만
마음먹은 대로
되는 것 없이
제자리걸음이라서 그런가

바람 부는 날

산에서도
강가에서도
바람이 분다
어디든지 갈 수 있는 바람

바람에 그리움 적어 붙여 볼까
바람아 불어라
내 마음 고이 적어
임 계신 곳으로 날아라

내 마음 닿았으면
지금쯤 소식 한 장
바람 타고 오겠지
어디쯤 오고 있을까

바람 부는 날
소식은 아니 오고
바람 따라
지난 추억만 실려 오네

상사화

가을이 떠난 산속은
푸르름도
인적도 끊기어
흑백사진처럼 멈춰버린 세상

그런데, 가만히
마른 낙엽을 밀치고
일어서는 풀이 있다
살아있는 것일까

파릇파릇
보리 같기도
난 같기도 한 것이
지조는 있어

홀로 푸르지만
잎은 꽃을 보지 못하고
꽃은 잎을 만나지 못해
그리움만 품는 상사화로구나

당신은 꽃이요

한동안 비어 있던
빈 점포에
꽃집이 들어서며
꽃으로 가득 채워졌다

실려 오는 꽃향기에
문득
안개꽃을 좋아하는
당신 생각이 난다

그래서
안개꽃 한 다발을 샀다
꽃을 받아 든 당신은
어떤 반응일까

삶에 지친 당신은
돈이나 주지
아깝게 왜 샀느냐고
핀잔이나 주지 않을까

그래도 나는
당신이 좋아하는
안개꽃을 안겨 주며
꽃처럼 여전히 예쁘다고 말할 겁니다.

한 잔

잔에
허무를 붓고
사랑을 흔들어
고독을 씹는다

빈 잔에
가난을 붓고
부를 흔들어
고달픔을 씹는다

또 빈 잔에
청춘을 붓고
노련함을 흔들어
추억을 씹는다

연이은 술잔에
영혼은 흔들리고
비틀거림에
비난을 씹는다

한걸음에
세상은 비틀거리고
또 한걸음에
세상은 미로 속이어라

제목 : 한 잔
시낭송 : 최명자
스마트폰으로 QR 코드를 스캔하면
시낭송을 감상할 수 있습니다.

18

손님

떨림과 설렘 가득한
화창한 날입니다

열정과 기대로 준비한 개업
너무 조용합니다

목을 길게 빼어
님을 기다립니다

십분 이십분
기다려도 님 소식은 없습니다

문밖까지
마중 나가지만 아무도 없습니다

조용한 거리는
텅 비어 바람조차 없습니다

희망은 절망으로
한꺼번에 어깨 위로 내려앉습니다.

내비게이션

일주일 동안 지치고 피곤한 몸은
편히 쉬고 싶지만
파란 가을 하늘에 반한 마음이
무작정 길을 나서게 만든다

어디로 갈까?
어디서든 축제가 넘쳐나는 가을
인터넷을 검색하여
문경사과축제가 열리는
문경새재를 선택했다

처음 가는 초행길이지만
좌회전, 우회전
전방 어디까지 직진
내비의 친절한 길 안내에
여유를 가지고
길가에 늘어선 노란 들국화를 벗 삼고
빨갛게 물들어가는 단풍놀이를 즐기면서
쌓였던 피로가 얼음처럼 녹아내려
오늘 하루가 꿀처럼 달콤하였다

막막한 인생길에도
내비가 있다면
"행복"이라는 목적지를 설정하고
친절한 사랑으로 안내를 받으며
여유로운 인생을 즐기면서
쉽게 행복으로 갈 텐데

11월의 끝자락

가을이 저무는
이맘때면
자꾸 뒤돌아본다

아등바등 열심히 살았지만
수확할 것이라곤
빈껍데기뿐인 나잇살만 늘고

애처롭게 매달려 있던
마지막 잎사귀마저
뚝 떨어져 가는 가을이 슬프다

벚꽃

아침저녁
마주하는 설렘이여
언제쯤
너는 활짝 피려나

부풀은 꽃망울은
터질 듯, 터질 듯
애태우며
봄바람이 들려주는 꽃 소식은 들었겠지

나는 오늘도
퇴근길에 네가 궁금하다
따스한 햇살에
활짝 피어나지 않았을까

달빛도 숨어 어두운 밤
폰의 플래시에 살짝 미소 지으며
금방이라도
톡톡 피어나지 않을까

아파트 단지 양지바른 곳
서너 그루의 벚꽃나무
하루하루 부풀어 오르는
꽃봉오리 볼 때마다 설렌다.

23

당신

보호자란에
당신의 고운 이름 적고

수술대에 누워
눈만 깜박이는
내 손을 잡으며
괜찮을 거라며 용기를 주네요

비몽사몽 흐릿한 기억 속 헤맬 때
당신은
다 잘되었다며
웃어 주네요

당신은
연약한 여자지만
언제나 나의 동반자로서
손과 발이 되어
짜증 한번 내지 않네요

어느 광고에서
나오는 말처럼
"아들 둘을 키우고 있다
내가 낳은 아들 하나
어머니가 낳은 아들 하나"
당신은, 가끔
어머니 같은 존재입니다

저금통

이리 뒹굴 저리 뒹굴
굴러다니는
천덕꾸러기 동전들에

돼지 한 마리 샀다
보이는 대로
돼지에게 먹였다

땡그랑 땡그랑
이것저것 가리지 않고
잘도 먹네

어느새 배가 불렀다
오동통
몸도 무겁다

오늘은 돼지를 잡는다
와르르
희망이 쏟아져 내린다

목련

유리창을 두드리는
달빛도 떠나가고
희미한 여운이 남은
새벽녘 사이로
목련이 피었다

마음속까지 얼어붙는
꽃샘추위도
아랑곳하지 않고
새하얀 입술이
첫사랑처럼 내 마음속으로 파고드네

도토리

후드득
툭
떼구르르

잘 익은 도토리가 떨어져
낙엽 밑에 숨었다

누가 먼저 주울까

사람들이 주우면 도토리묵
다람쥐가 주우면 겨우내 귀중한 양식

꼭꼭 숨어라

그러면 내년 봄에 새싹을 틔어
숲을 이루는
꿈을 이룰 수 있을 거야

등산

그리 높지도 않은 산
단번에
오를 것 같지만

정상을 코앞에 두고
숨이 차서
자꾸 뒤돌아본다

포기하지 마
참고 견디면
발아래 세상을 가질 수 있을 거야

능소화

얼마나
기다림이 간절했으면
담장을 딛고도 모자라
하늘로, 하늘로 올라

그리움 그리움에
뚝! 낙화하여
가장 아름다울 때 시들어 버리는
안타까운 꽃이여

꽃피고 꽃 지는
이맘때면 애절한 사랑이
그리워
능소화가 있는 고택으로 달려간다.

이팝나무

밤새 비바람에
창문이 부서져라
흔들리더니
새벽녘에 잠이 들었다

비바람에
무슨 변고는
없었을까
창문을 열었다

질퍽한 거리마다
하얀 눈으로 덮였고
파란 이파리가
세상 구경을 나왔다

봄바람

바람이 차다
옷깃을 여미어도
살 속을 파고드는 바람

바람에 흔들리는
나뭇가지가 안쓰러워
옷이라도 입혀 줄까

하얗게 노랗게
매화나무와 생강나무에
꽃이 피었다

차가운 바람은
봄을 깨우는
봄바람이었구나?

가을

아침저녁 와 닿는
바람이 차갑다

아직 한낮의 열기는
부담스럽지만

사과가 빨갛게 물들고
벼이삭이 누렇게 익으며

무성한 이파리에도
세치처럼 단풍이 섞이어 가며

조금씩 익어가는
가을이 눈 속으로 들어온다

연꽃

토닥토닥 빗소리에
또르르 빗물은 고이고
무게에 중심을 잃은
잎들이 흔들리며
철퍼덕 빗물을 쏟는다

놀란 청개구리
꽃대를 흔들어
꽃이 떨어지고
그 사이로 물닭이
유유히 노를 젓는다

저 멀리 사진작가는
무엇을 기다리는가
참새와 연꽃의 입맞춤을
가물치의 몸부림 같은 찰나의 순간을

제목 : 연꽃
시낭송 : 김지원

스마트폰으로 QR 코드를 스캔하면
시낭송을 감상할 수 있습니다.

운문사 소나무

아름드리 소나무
몇백 년을 살았을까
웅장하고 늠름한 자태에
감탄이 절로 난다

하지만
나무마다 새겨진 상처
무슨 사연이 있을까
안타깝다

일제강점기 때
연료를 채취하기 위하여 만들어진 상처로
아직도 선명하게 남아서
보는 이를 슬프게 한다.

고드름

재촉하는 봄소식에
눈물이 흐릅니다

따스한 봄바람에도
시한부처럼 눈물이 흐릅니다

활짝 핀 봄을 볼 수 없어
자꾸 눈물이 흐릅니다

멈출 수 없는 눈물에
야위어 갑니다.

가난한 자의 주머니

붉게 저무는
석양이 아름답다

일을 마무리하는 동안
어둠은 내려앉고

출출한 시장기에 나선 거리는
먹거리 네온으로 유혹하며

코를 자극하고
숯불고기 냄새는 허기를 보채어

주머니를 뒤져 보지만
천 원짜리 세 장이 전부다

이 돈으로 무엇을 먹을 수 있을까
소주 한 병도 사천 원

나는 오늘도 새벽부터
열심히 일을 했지만

고깃집 앞에서 입맛만 다시며
서둘러 돌아서야만 한다.

그대에게

똑똑
열려 있습니다
들어오세요

제 마음은
항상 열려 있으니
망설이지 말고
들어오세요

언제까지나
당신만을
기다릴 겁니다

비슬산 참꽃 축제

오월의 시작부터
햇살이 뜨겁다
초여름 날씨다
이어지는 행렬을 따라
비슬산 기슭으로 가는 내내
자동차와 사람들이 넘쳐흘러

꼬부랑길 따라
밀리고 밀려
오르고 오르는
계단 계단에
땀 냄새 스며들어
꽃들의 반김에도
힘이 들어 뒤돌아본다

대견사의 풍경소리가
기억 속으로 멀어지며
힘겹게 다다른 꼭대기는
어느새
참꽃은 떨어져
향기마저 지워버리고
가끔, 한두 그루의
철쭉만 미소로 답한다.

열대야

이리지척 저리지척
언제 잠이 들었을까
어설픈 선잠은
햇살에 기지개 켜는
작은 새소리에도
깜짝 놀라
겨우 잠든
잠에서 깨어난다

밤새 선풍기가
회전하면서
돌고 돌았지만
더운 열기는 가득하고
희끄무레 밝아오는
바깥 날씨에도 열기가
스멀거리며 한낮의 열기가
느껴진다.

가을비

추적추적
쓸데없는 비가
그칠 줄 모른다

팔월 한 달 내내
애타게 기다릴 땐
그리 무심하더니

오늘은 빨갛게 익은
고추도 따야 하고
땅콩도 캐야 하는데

잘 익은 가을에
쓸데없는 비가
종일 내린다

봄비

달콤한
단비가 내렸다

고요한
산속에도 물길이 나고

쌓였던
낙엽이 녹아 거름이 되어

톡톡
생명으로 부풀어 오르는 소리로

산속은
시끌벅적 한 발 앞서 봄으로 가고 있다

잘 풀리는 날

미세먼지 하나 없는
파란 하늘에
마음 따라 훌쩍 떠나고 싶은
날씨지만 출근을 한다

빨간 신호등은
기다렸다는 듯이
푸른 신호로
바뀌고 바뀌어

멈춤 없이
열댓 개의 신호등을 건너
단숨에 도착한 출근
처음 있는 일이라

그저, 별것 아닌 일에도
기분이 좋아
오늘 하루가
좋은 일만 가득할 것 같다

두 여자

우리 미장원 갈까
그래
우리 목욕탕 갈까
그래

자매처럼
친구처럼
마음이 잘 통해서
그래 그래다

엄마와 딸은
세월을 먹으면서
닮아 가며
만사가 그래 그래다

폭염

태양이 미쳤나 봐
끓어오르는 열기에
아스팔트는 녹아내리고
바람도 죽었다
가끔 시원한 물차가 도로에
물을 뿌려보지만
하늘하늘 아지랑이로 피어나
금세 흔적 없이 마르고

열기 가득한 네거리에서
좌측 눈 깜박이는 자동차도
희뿌연 거품을 토해내고
신호 기다리는 사람들도
한 뼘도 안 되는 신호기둥에
몸을 반쯤 감추고 넋이 나가버렸다
더워야 여름이라지만
이건 너무하지 않니

스마트 폰

연일 이어지는 더위에
일상은 흐트러지고
감각이 무디어진다

허겁지겁 퇴근길
어딘가 허전함에
무엇을 두고 왔나

휴대폰을 두고 왔다
가지러 가기는 귀찮고
그냥 갈려니 필요하지만

에라, 모르겠다
조금 신경이 쓰이겠지만
하루 정도는 아무 일 없지 않을까

시간이 지날수록
폰 세상이 궁금하다
아무 일 없을까

나의 일부가 되어버린 폰
하루의 이별에도
불안감으로 폰 생각뿐이다

수면제

밤이면 찾아오는 걱정에
몸과 마음은 지쳐
결국 손을 내밀었다
하얀 알약 하나

세상모르게 잘 거라고
너를 믿어 본다
눈을 감았다
오랜만에 잠을 푹 잤다

하지만, 이럴 수가
새벽 2시
아직 남은 어둠은
어떡하라고

너의 신통력도
믿을 게 못 되나 봐
달빛 구경하며
체조나 할까 보다

첫눈

검푸른 하늘에서
첫눈이 내린다
사그락사그락
싸락눈이

포근해서
가을비인가
흐느끼는 눈물처럼
누구의 눈물일까

이제는
진눈깨비다
그래 펑펑 내려
온 세상 하얗게 덮어라

나라가 시끄러우니
날씨조차 갈피를 못 잡고
눈이랑 비가
사이좋게 내리니

기대했던 첫눈인데
이게 뭐람
가는 곳마다 집회로
길이 막혀 첫사랑 찾을 길 없네.

제목 : 첫눈
시낭송 : 최명자
스마트폰으로 QR 코드를 스캔하면
시낭송을 감상할 수 있습니다.

47

다짐

새해
이맘때면 희망으로
알찬 계획을 세우고
나름 노력하지만

삼일을
버텨내지 못하고
여러 핑계로
살며시 꼬리를 내렸다

새해마다
수 없이 허물어진 목표들은
이젠 돌이킬 수 없는
나이가 들어

꿈도
희망도 옅어지며
계획이니 목표는
사치스러운 것이 되어

이제는
움직이는 것조차 귀찮아
걷는 운동 한가지만이라도 꾸준히 하여
건강하게 살자고 다짐해본다

영장

영장이 나왔다
대한의 아들이라면
한 번은 가야 하는 곳

걱정이 앞선다
한 번도 부모 품을
떠나 본 적이 없는 녀석

어느새 훌쩍 커
대견하기도 하지만
그래도 잘 견뎌 낼 수 있을지

잠깐 갔다 온다지만
대구에서 강원도 화천이라니
먼 이국땅처럼 멀리도 가네.

아들

그저께, 2월 28일
아들을 신병 훈련소에 데려다주었다
손을 흔들며
사라지는 모습이 밤새 떠나지 않는다

하루가 흘렀지만
밥은 잘 먹었을까
잠은 잘 잤을까
녀석이 너무 보고 싶어

그리움은 어머니 품으로 달려
삼십년 전 아들을 군에 보낼 때
어머니 아버지께서도
얼마나 걱정하셨을까

걱정만 끼친 아들이었지만
그래도 정한수 한 그릇 떠다 놓고
빌고 빌어 설 부모님
이제 부모가 되어 그 마음 담아 본다

대구 37도

아침부터 습도 가득한
날씨에 끈적거림이
심상치 않다

아니나 다를까
야외 활동 자제
충분한 물 마시기 등
건강에 유의하라는
안전 안내 문자가 떴다

연일 계속되는
찜통더위
숨쉬기조차 힘들다
하지만 덥다고 불평할 수 없다

충청도 청주는
폭우로 도시가 잠기어
차는 배가 되고 집은 수상가옥이 되면서
큰 상심을 남겨 난리가 아닌가

그나마 별일 없는 이곳은
다행으로 여기며
안도의 한숨을 쉬어보지만
내일은 일기예보가 39도라 한다

여름밤의 불청객

앵앵
깊은 잠 깨우는 소리에
불을 켰다
방구석 구석 찾아보지만 흔적도 없다

잠들려고 하면
앵앵
파장을 일으키며
또 귓전을 스쳤다

불을 켜
졸린 눈 비비며
사방을 훑어보지만
어디에도 놈은 보이지 않는다

불을 끄고
자는 척 신경을 곤두세웠다
앵앵 귓가를 스치며
얼굴에 앉는 듯하다

철썩
뺨을 후려쳤다
조용하다
죽은 걸까

또 잠들려는 찰나
앵앵거리며
잠결을 흔들어
놓는다

밤잠 설쳐
몸은 피곤한데
어느새 새벽은 깨어나며
아침으로 달려간다.

비가 내렸다

쨍쨍 내리쬐는 태양은
지칠 줄 모르고

여기저기서 비 소식 들려오지만
이곳 대구는 먼 나라 이야기처럼

비가 와야 오는 것
비가 온다는 일기예보는 엉터리같이

비가 올 듯 애간장 태운 수많은 날들
쩍 갈라진 마음은 체념한 지 오래

하늘이 운다 먹구름이 몰려오는 게
운이라도 좋아 비라도 올까 싶다

드디어 비가 온다 아스팔트는 피식 열이 식으며
동그라미를 그리고 빗물이 튕겨 왕관을 만들고

비 그친 저녁은 시원한 바람이 불어
간만에 식탁에 둘러앉고 나무들도 춤을 춘다

시원한 오늘은 열대야 걱정 없이
그녀 품속에서 편히 꿈을 꿀 수 있으리라

노안

개운함으로 물기를 닦으며
로션을 발랐다
끈적거리는 게 이상하다

화장품에 글을 읽으려니
침침하여
글이 잘 보이지 않는다

옆 사람에게
물었다
헤어크림이란다

가는 세월에 까막눈으로
살아야 한다니
나이가 밉다

희야 생일

칠월에 태어난
당신은 루비입니다
태양처럼 붉은 정열을 가지고
모든 일에 열정을 쏟는
아름다운 여인입니다

칠월 오일에 태어난
당신은 해바라기꽃입니다
태양만을 바라보는 꽃처럼
한 남자를 일편단심 섬기는
아름다운 여인입니다

한 남자의 아내이기 전에
아이들의 엄마이기 전에
당당한 이름을 가진
희라 불리는
아름다운 여인입니다

언제나
밝은 미소로 살며
구수한 사투리로
남을 웃기며 즐겁게 해주는
재미있는 여인입니다

까맣게 잊어 오늘 생각났지만
아름다운 여인 "희"
당신의
생일을 진심으로 축하합니다.

공감

평상시처럼
지하 2층으로 내려갔다
차가 보이지 않는다
안 그래도 늦어 바쁜데
마음이 급하다
지상 주차장에 한 것이 생각난다

여름 휴가철이라
늦게 퇴근해도 지상에 주차 공간이 남아돌아서
아파트 출입구에 주차를 한 것인데
그런데도
아무 생각 없이 차를 보고도 지나쳐 온 것이다

8월의 시작부터
헐레벌떡 진땀을 흘리며
엇갈린 길에서 되돌아서며
씁쓰레 웃어본다
오늘은
또 얼마나 더울까

설사

삶는다
거실까지 파고드는 열기
선풍기와 에어컨으로 더위를 밀어내고
밀려오는 갈증에
아이스크림과 찬물로 배를 채우며
아− 여기가 지상낙원
그럼에도
남들은 왜 피서라며
산으로 바다로
고생을 하며 떠날까

끓는다
해가 서산으로 넘어갈 즈음
부글부글 뱃속이 요동친다
찬 것을 많이 먹어
배탈이 났다
밤새 화장실을 들락날락
먼동이 틀 무렵
얼굴은 핼쑥해지고
머리는 어질어질
반죽음이 되어서야
어리석음을 뉘우친다.

전쟁

팽팽한 긴장감
한발도 물러서지 않는 말대꾸
일촉즉발 터지기 일보 직전

목구멍까지 올라오는 폭언
화가 치민 주먹
그러나 분을 삭이며

한 걸음 물러서니
고생하는 고3, 딸의 안쓰러움이 느껴지며
딸아이의 예쁜 얼굴이 보인다

한 시도 눈에서 휴대폰을 떼지 않은 녀석이기에
폰 압수라는 다툼에서
나도 너도 물러섬이 없었지만

집에서만큼이라도 폰을
화장대 위에 보관하는 것으로
평화협정을 맺었다

상인의 일기

추적추적
비 내리는 날
문을 열었다

혹시나 하는 마음으로
님을 기다리지만
청승맞은 비만 하염없이 내린다

이렇게 비 오는 날은
공치는 날이지만
행여나 님이 오시려나?

문을 닫지 못하고
비 내리는 거리만 바라보며
하루를 보낸다

어제도 비가 내렸고
오늘도 비가 내리며
내일도 비가 내린다고 한다

주식

남들은 잃어도
나는 성공할 수 있다는
자부심으로
허황된 꿈을 꾸기 시작했다

그러나
생각처럼 되지 않아
하루에도 수십 번 울고 웃으며
스트레스에 피가 마르고

내가 보유한 것은
내리거나 보합
결국 기다리다 팔면
가격은 급상승하여

평정심을 잃어버리고
본전 생각으로
사고 팔고 반복하여
결국 손실로 이어지며 모든 걸 잃어버렸다

후회

밤은 깊어
고요하지만
감당할 수 없는 심적 고통

하지 않았더라면
하는 가정을 해보지만
엎질러진 물

속병은 들 대로 들어
고요함 속에서
가시가 되어 파고드는 상처

낮이라면
미치도록
일이라도 하며 잊어보겠지만

깊은 밤
문득문득 가시처럼 파고드는 아픔에
눈물을 흘리며 깊은 후회를 한다

오늘도 짧은 밤이
달빛을 타 넘으며
뿌옇게 밝아온다

낙엽 하나

가을을 맞이한 9월
하늘은 높고 맑다
아직 내리쬐는 태양이 강열하지만
나무 그늘은 시원하다
공원 벤치에 앉아
재잘거리는 아이들에게
시선을 두지만 나른함은 어쩔 수 없나 보다

깜빡 잠이 들었다
흐트러진 정신을 가다듬으며
기지개를 켜니
느껴지는 날씨가 너무 좋아
피부에 와 닿는 느낌도
어제와는 사뭇 다르다

가만, 신발 위에 떨어진
낙엽 하나
언제 내려앉았는지
발등에서 떨고 있다
어쩜 이리도 고울까
책갈피에라도 끼어 볼까

한차례 일렁이는
갈바람에
하늘거리는 잎
사이사이로 하얀 구름이
둥실둥실 떠다니며
가을을 맞으려 달려간다

또 하나의 낙엽이
내 옆자리에 사뿐히 내려
여름날 추억이 되며
무성한 잎 사이로
하나 둘
가을이 그럴듯하게 익어간다

가을하늘

문득 바라본 가을 하늘은
넓은 바다 같이
깊고 푸르르

갈바람 파도에
하얀 거품 물결 일며
둥실둥실 흘러서 가고

허공을 헤엄치는
은빛 비행기 한 마리도
반짝반짝 흘러가

흘러가는
가을하늘을
자꾸만 쳐다보게 된다

벌초

윙윙 예초기에
잘린 풀들이
허공에서 춤추며
풀물이 향수처럼 배어난다

무릎까지
자란 풀들은
삽시간에 정리되어
깨끗해진 무덤

윗대 어느 분의 묘일까
그래도
깔끔해진 산소에
마음이 뿌듯해져 온다.

잃어버린 휴일

지금 몇 시야
해가 서산에 걸리며
아까운 휴일이 지나가고 있다

머리는 어지럽고
몸은 속 쓰림으로
아직도 비몽사몽 꿈속인 듯

왜 그런가 생각을 하니
엊저녁 1인 1병으로
시작한 술자리

매콤한 찜닭에
한 잔 두 잔
마시다 보니

고달픈 몸은
술술 넘어가는 술에
유혹을 못 이기고

여기 술 한 병요
또 한 병
대체 몇 병을 마셨는지

그리고 어떻게 집으로
왔는지
기억이 가물거리며

과음 탓으로
두통에 흔들리며
저물어 가는 노을만 바라본다.

그림자

오늘도
파김치가 되어
돌아서는 걸음 사이로
해는 서산으로 기울며

길게 드러누운 그림자
손을 들면 손을 들고
한 발짝 걸으면 한 발짝 움직여
따라 하는 따라쟁이

그런데, 나는
어디 하나 성한 곳 없이
만신창이 되었지만
너는 힘든 기색 하나 없이

해지면 사라지고
달그림자로 다시 태어나는
넌 누구냐
앞서거니 뒤서거니 나만 따라다니느냐!

모기

무덥던 여름이 손을 흔들고
맛있는 가을이 고개를 숙이며
편안히 꿈꿀 수 있는
계절이라 참 좋다

하지만 아직도
앵앵거리는 녀석 때문에
잠을 이룰 수 없다
아무리 찾아도 흔적 없는 녀석

헌데 이 녀석은
계절도 잊어버렸는가
불이 켜지면 유령처럼 사라지고
어둠 속에서 승자로 살아가는 모기야

사는 게 그런 건가

어릴 때나 지금 이 나이에도
추석이 기다려지기는 마찬가지
들뜬 마음에
일은 손에 잡히지 않고

마음 따라 앞선 고향 생각에
차 문을 닫다
손가락을 짚고 문을 닫았다
정신을 어디에 두었을까

뼈가 으스러지는 고통에
눈앞이 깜깜하다
손가락은 퉁퉁 붓고
손톱이 까맣게 멍이 들었다

그 와중에도 연휴가 끝나고
일을 못 할까 봐
걱정을 하니
참 바보스럽다

행복 가게

따르릉
"네"
행복 가게입니다

배달될까요
"네"
어디든 가능합니다

건강 한 상자
젊음 한 묶음
그리고 행복 한 주전자요

"네"
미소와 사랑 가득
덤으로 담아서

지금 갑니다
찾아 주신 고객님
정말 고맙습니다

아 참! 거기가 어디죠
"네"
바로 당신의 가정입니다

악몽

무서운 괴물이 쫓아 오지만
발걸음이 얼어붙었다
잡아먹힐 위기에서
비명을 질렀다
내 비명소리에 놀라
눈을 떴다
휴! 꿈이구나

그런데 요즈음 들어
내 삶이 악몽처럼
무섭다
아무리 발버둥 쳐도 되는 게 하나 없이
자꾸만 나락으로 떨어지며
희망조차 없어
지금 사는 이 현실이
차라리 꿈이었으면 좋겠다.

단풍

어느새 팔공산은
둘레 길에서부터 꼭대기까지
곱디고운 색깔로 물이 들어

동봉으로 오르는 내내
눈을 뗄 수 없는 아름다운 물결에
콧노래가 절로 나고

정상에서 풍경을 바라보면서
나눠 먹는
사과 한 쪽에도 행복을 느끼어

곁에 선 아내를 바라보니
머릿결 사이로 흰 머리카락이 수북하다
언제 물이 들었을까

그저 말없이 따라주는 아내
너무 고생만 시킨 것 같아
마음이 아프다

올가을은 아내가 좋아하는
빨강 노랑 단풍으로 물들여
주고 싶어라

무작정 걸었다

한 걸음 한 걸음
힘이 든다

물을 먹으러 가는 것도
화장실을 가는 것도

몇 발짝 안 되는
거리지만 힘이 들어

움직일 때마다
값진 의미를 둔다

'무작정 걸었다'
얼마나 행복한 말인가

이젠 마음대로 안 되는 걸음
퇴행성관절염과 연골이 닳아서

유월

여름의 시작부터
삼십 도를 넘나들며
열기가 뜨겁다

화려했던 장미향은 시들고
짙어가는 녹음 사이로
풋과일이 제 모습을 갖추어 가고

또 한편으로
마음 아픈 달이어서
숙연해지기도 하다

또 줄 서서 기다리는
커다란 행사들
북미회담, 지방선거, 월드컵 등

이번 행사만이라도 우리의 바람대로
좋은 결실을 거두어
행복한 유월이 되기를 바라본다

호접란

따스한 햇살을 받으며
창가에 늘어선
열댓 개의 화분들
그 사이에 시선을 끄는 녀석이 있다

난 같지만 난은 아닌 듯
댓잎보다 큰 이파리에
우뚝 솟은 줄기
끝자락에 맺은 꽃봉오리

탐스런 분홍빛깔로
꽃망울은 터질 듯 부풀어
언제 필까 궁금하지만
기척이 없다

그런 녀석이
드디어
고운 나비가 되어
끝자락에 내려앉아 나풀나풀 춤을 춘다

청춘

꿈꾸는 혈기에
뜨거운 젊음
넘어지고 또 넘어져도
훌훌 털고
아무 일 없듯이
다시 시작하는
그런 때가 있었다

하지만 방황하던 청춘은
세월에 흩어지고
후회를 하지만
가버린 청춘은
다시 오지 않아
지금은 마음만이라도
청춘으로 살고 싶다

어떤 기억 하나

까 아- 깍깍
이른 아침부터 까치가 운다
좋은 일이라도 생기려나
반가운 임이라도 오시려나?

개장 첫 손님이 내민 이천 원
그중 한 장
"잘 먹고 잘 살자"
지폐에 쓰인 낙서가
눈에 익다

이십여 년도 훨씬 지난날의
희미한 기억
사회 첫발을 내디디며
다짐을 적어
곱게 간직하던 지폐가 아닌가.

어린아이 어른
이 사람 저 사람 얼마나 많은
사람들을 거치고
또 얼마나 많은 사연을 담아서
돌고 돌아왔을까

소중하고 특별한 지폐라 한쪽으로
챙겨두었는데
또 아무 생각 없이
거스름돈으로 내주고 말았다
아쉽게 잃어버린 예쁜 추억 하나

돌고 돌아
언젠가는 다시 돌아오겠지
많은 시간이
흘러서라도
그때는 소중한 추억으로 간직해 줄게

미나리

뿌연 하늘과
앞산도 보이지 않는 미세먼지에
목은 칼칼해
숨조차 쉬기 힘들다
해독은 없을까

미나리가 좋다고
길을 나섰다
근교에 자리한 산기슭 미나리꽝
한결 맑아진 산바람으로
답답함은 수그러지고
싱그러운 미나리에 입맛이 돈다

지하 암반수에 재배한
청정미나리라 그런지
맛과 향이 입 안 가득 녹으며
칼칼하던 목도 누그러지고
고기 굽는 열기에
봄이 익어간다

이별

사랑해서 헤어진다
나는
이해할 수가 없었습니다

한 사람을 만나면서
왜 그런지
이해할 것도 같습니다

그 사람이 행복해서
저도 행복했습니다
나의 전부가 되어 버렸기 때문에

나는 불행하여도
그 사람만은
꼭, 행복했으면 했습니다

사랑 외엔
아무것도
줄 것이 없기 때문에

그 사람 곁을 떠나려 하니
눈물이 마르지 않네요
나는 어떻게 살까요?

동창회

이산 저산 곱게 물들이는 단풍 사이로
힘없이 떨어져
바스락거리는
낙엽 소리가 슬프다

여기저기 잘 익은
가을 찍는 소리에도
몸짓이 멈칫거림은
늙어가는 세월 탓이리라

그런데도
"종내기야 뭐하노"
가시나의 장난기에
콩닥거림은
마음이 청춘이어서 그런가

아니면 흐릿한 기억 속의
가시나를 마음에 품고 살아서 그런가
어쩌면 지금도 그 가시나를
품고 있는지도 모르겠다.

※ 종내기 : 사내아이를 가리키는 경상도 사투리
※ 가시나 : 계집아이를 가리키는 전라, 충청, 경상 방언

당신은 누구세요

늘 계단을 이용해
오르내리는 6층이지만
만사에 지친 오늘은
엘리베이터를 탔다

홀로 선 공간
삼면이 거울이다
거울 속 당신은 누구세요

이마엔 굵은 주름이 한가득
눈가에도 잔주름이 한가득으로
노려보면 노려보고
손짓하면 손짓하며
따라 하는
당신은 누구세요

마음은 늘 청춘처럼
아름다움에 흔들리고
꽃을 보면 감탄이 나지만
세월을 고스란히 맞아
늙어 버린 겉모습에
눈물 나도록 서럽다

한 풀 꺾인 겉모습에
마음도 따라 갈까 두렵다

 제목 : 당신은 누구세요
시낭송 : 박순애
스마트폰으로 QR 코드를 스캔하면
시낭송을 감상할 수 있습니다.

85

어머니

눈감아도 그려지는 고향길
달려가는 내내
설렘으로 벅차오른다

동구 밖 쉼터 미루나무는 뼈대를 드러내어
겨울을 재촉하니 어르신들의 웃음소리 간데없고
흩어진 장기 알만 허허롭다

곡예를 하듯 좁은 길을 들어서니
활짝 열린 파란 대문은 녹이 슬어
철커덩 내려앉을 듯 위태롭게 손님을 맞이하고

미세한 차 소리에도
문을 여시는 어머니
귀가 잘 들리지 않으신다더니
차 소리는 그리 밝으셔요

천년만년 늙지 않으실 것 같던 얼굴은
주름으로 얼룩지고
허리는 바닥에 닿을 듯 굽어
움직일 때마다 유모차를 지팡이 삼는
팔순 노인네가 되어

아이고, 허리야
아이고, 다리야 하면서
남의 집, 딸기밭으로
일하러 가신다 하니
울컥 눈물이 핑 돌아

그만하시라 말려도
말로만 알았다 하신다
속상한 마음에 부아를 한 움큼 지르고
돌아서는 내내
마음이 아프다

그래도
참기름이며 김치며 바리바리
싸 주시며 조심히 가라 하신다

죄송한 마음 아려오며
고맙습니다
사랑합니다
아직 한 번도 못 한
이 아들은 언제쯤
철이 들려나요

당신이 최고야

요즈음
힘들다는 말이 절로 나온다
불황으로
마음대로 되는 게 하나 없이
한 해는 저물어 가고
가장으로서
아슬아슬 버텨내지만
한숨으로 땅이 꺼진다

관공서며, 교회마다
반짝이는 트리는 더 초라하게 마음을 후벼 파며
저녁, 찬 공기조차
만신창이인 온몸을 헤집고
몸살 기운이 들어
울고 싶다

그나마
축 처진 발걸음이라도 돌아갈 곳이 있어
다행이다

현관부터
구수한 된장찌개 냄새가
허기진 입맛을 보채어
현관문을 여니
미소로 반기는 아내
느닷없이
"당신이 최고야"라는
그 한 마디에
나를 일으켜 세웠다

코로나19

아무 일 없느냐고
안부 전화가 왔다

그러고 보니
며칠 동안 불안으로
사람들과
만남이 두려웠다

보이지도
만져지지도 않으면서
빠른 감염으로
죽음까지 몰고 오는 바이러스

"확진"
그 한 마디는 공간을 폐쇄시키고
접촉하는 자는 격리시키며
생활권마저 위협하는
무서운 놈으로

마스크 착용이
일상생활의 예절이 되고
사람과 사람의
만남을 갈라놓으며
아직 치료제도 없는 놈

속수무책
언제쯤 물러나려나
고온에서 소멸한다고 하니
막연히
기온이 올라가는 날만 기다려본다

잔인한 2월

마스크를 쓰고서도
불안으로
답답한 하루를 보내고
집으로 가는 길
무겁다
불빛도 사라지고
대부분 가게들이 문을 닫는 지금
어떻게 할 것인가

삶의 기로에 서서
더는 버틸 수 없다
기약도 없이 문을 닫았다
언제까지 불안에 떨어야 할지
외출도 마음대로 할 수 없는
구속 아닌 구속에서
보내는 나날이 서글프다

잔인한 2월의 뜨락에서도
매화가 꽃을 피우며
봄소식이 왔다
매화처럼 혹독한 겨울에 맞서듯
참고 이겨내자
시련은 참고 견딜 만큼 준다고
이 또한 금방 지나가리라

※ 달갑지 않는 일로 모두에게 주목 받고 있는 대구는
2월 29일 현재 코로나19 확진자가 2055명으로 계속 증가 추세다
이들의 빠른 쾌유를 바라며 무사히 지나가기를 바래본다

끝나지 않는 3월

코로나19
기온이 올라가면
사라질 거라더니
기온과는 무관하다고 한다
한 가닥 희망마저
무너져 내리고
일파만파로 감염된
확진자는 만 명을 눈앞에 두고
유가 폭락
주가 폭락
경기는 곤두박질치며
언제 감염될지 모르는
공포 속에서 산다
그래도 이제는
만성이 되었는지
그럭저럭 살만하다

마스크

바쁜 출근 시간
무엇을 빠뜨린 게 있는데
떠오르지 않는다
분명 중요한 것 같은데
도무지 생각이 안 난다
그럼 별것 아닌가

밖으로 나와
사람들의 마스크 착용을 보고서야
생각이 난다
마스크를 쓰지 않으면
아무 곳에도 갈 수 없어
다시 집으로 돌아설 수밖에 없었다.

마스크 5부제라

얼마나 귀중하고
얼마나 대단하기에
몇 시간씩 줄을 서고도 살 수 없을까

빠르게 전염되는 코로나에
뚜렷한 방지책은 없고
예방책은 마스크 착용이라 한다

그러다 보니 턱없이 모자라 일주일에 2개로 한정되며
5부제를 실시한다고 한다
하루에 한 개는 있어야 하는데 말이야

귀하다 보니 만사 일 제쳐 놓고 월요일 아침
마스크를 사러 약국으로 간다
출생연도 끝자리가 6이니까

앞으로 얼마를 더 견뎌야
마음대로 살 수 있을까
마스크 한 장 자유롭게 살 수 없는 세상
이건 분명 꿈일 거야

봄바람

살랑살랑 부는 봄바람에
매화가 웃음꽃을 띄우며

살랑살랑 간질이는 봄바람에
뒷마당 목련이 꽃봉오리를 터트리고

살랑살랑 걸음마 하는
둘레길에도 개나리가 노란 물감으로 물이 들어

살랑살랑 봄이 오는 길목에서
봄소식은 앞 다투어 기지개를 켠다.

가는 세월이 보인다.

아등바등 바쁘게 살 때는
고달픔에 가는 세월
눈여겨볼 겨를 없더니
먹고살 만하니
한걸음에 다가와 날아서 가누나
잼 나게 즐길 여유도 없이
아이들은 곁을 떠날 준비를 하고
늙어 버린 모습은
모든 게 힘에 부쳐
쉬운 일도 포기를 자주 하며
눈으로 보이는 세월 앞에서
몸도 마음도 늙어
생각조차 희미해지는구나!

별

잿빛 하늘이 내려앉고
별이 뜨는 밤하늘
도시 불빛에 주눅 들어
별들은 자취를 감추었지만
자세히 보면 희미하게나마
무수한 별들
그 중에서도 유별나게
크고 밝게 반짝이는 별 하나
저 별은 누구 별일까
주인 없으면 내 별 하지 뭐
볼수록 마음에 쏙 드네
그런데 알고 보니
인공위성이라 한다

영춘화 迎春花

삼월의 첫 휴일
뒤숭숭한 분위기는
가라앉을 줄 모르고
오늘도 안전안내문자가 떴다

답답한 마음에
가까운 곳으로 바람을 쐬러 갈까
옥연지 송해 공원으로
나섰다

이른 시간이라서인지
아니면 외출을 자제하라는 문자 때문인지
넓은 주차장은 텅 비어
휴일이 무색할 정도다

물 위를 사뿐사뿐 걸어서
백세교를 건너고
따스한 햇살 머무는 곳에서
꽃을 만났다

꽃 피기엔 이른 것 같은데
노란색 병아리가 생각나는
노란 개나리꽃이 피어
봄이 눈으로 만져진다

개나리가 일찍도 피었다 했더니
옆에 계시던 아저씨가
봄을 제일 먼저 맞이한다는
영춘화라고 한다

개나리와 많이 닮았지만
아닌 듯도 하다
어쨌든 꽃소식에
어둡던 마음이 봄으로 피어난다.

고목나무

아름드리 고목나무
몇백 년을 살았을까
요즘처럼
험한 세상 살아서 그런지
속이 시꺼멓게 썩고 텅 비었다
죽은 걸까

만물이 소생하는 봄
하나 둘
꽃향기 짙어 오니
고목나무에도
새순이 돋아나서

희망이 피어나는데
바이러스로
꽁꽁 얼어붙은 현실은
언제쯤 봄이 오려는지
아득히 자꾸만 멀어져 간다

3공단 굴뚝

오늘도 굴뚝의 연기가
하늘로 솟으며
짙은 구름을 만들어
태양을 먹는다

쉼 없이 돌아가는
공장의 굴뚝 연기는
한 때 경제성장의
표상이었지만

이젠 먹고살 만하니
대기오염을 일으키는
주범으로 몰아세워
굴뚝을 없애라고 한다.

짝사랑

그녀가 보이지 않는다
보고픔은 그리움으로 사무치는데
며칠째 보이지 않는다

같은 직장에서
바라만 보아도
기분 좋은 그녀

고백 한번 못했는데
아무 연락이 없이 결근이다
내 속은 타들어 가고

어디 아픈 걸까
어디로 이직을 하는 건가
아니면 좋은 임이라도 만났나

오늘은 꿈속에서라도 찾아가
달콤한 커피를 마시며
안부를 물어보고 싶다

진달래

가만가만히
오시는 걸음은

어느 사이에
이산 저산

수줍음으로
붉게 물들이어

쓰러진 마음
희망으로 다독여주며

고운 향기로
시련 같은 것은 잊으라 하네.

할미꽃

웬만한 장정들이
할 일을 거뜬히 해내던
작은 체구의 당신
이제는 힘이
부친다며
여기저기 아픈 곳을
하소연하는 당신
멀쩡한 곳이 하나 없네
고생만 한
당신을 바라보면
왜
할미꽃이 눈에 밟히는지
모르겠다

흰 머리
휘어진 허리
주름진 얼굴

지우개

살다 보니
나쁜 기억들은
되새김질하듯
밤이면
살며시 옆자리 찾아와
모자란 잠을 갉아 먹는다

아무 일 없듯
지울 수는 없을까
깨끗이 지우고
즐겁고 고운 기억만
간직하며
아름답게 살고 싶어라

자전거

얼마를 타지 않은 걸까
베란다에 세워진 자전거
여기저기 녹슬어
안장은 해어지고
바퀴는 삭아서인지
바람은 빠져
보기만 해도
고물이 되었다

한때는 새 자전거를 사서
운동을 한다며
공원으로
강가로
타고 다녔는데
계절이 바뀌면서 옮겨 놓았다
아니
구석으로 버렸다

또다시
살랑거리는 봄바람에
달리고 싶다
자전거를 끄집어내
먼지를 털고
펌프질을 하여
생명을 불어넣으니
괜찮다
힘차게 페달을 밟아보자

떠블디

뻑뻑하게 말을 듣지 않는
화장실 손잡이
어디가 고장 난 걸까
며칠을 방치하다
오늘은 고쳐보리라 마음먹고
공구함을 뒤졌다

망치 드라이버 스패너 톱
연장들이 많기도 한데
이것도 저것도 아니고
이건 뭘까
스프레이 같은데
녹제거용이라 쓰여 있다

빈틈으로 스프레이를 분사하고
손잡이를 아래위로
흔들었다
녹물이 주르륵 흘러내리며
새것처럼 자연스럽다
정말 신기하다

나이를 먹으면서
여기저기 삐걱거리며
성한 곳 하나 없는 몸과 마음
스프레이처럼
청춘으로 고쳐주는
만병통치약이라도 있었으면…….

주인아저씨 (착한 임대인)

침울한 분위기
언제까지 갈까
한 달이 지났지만
가라앉지 않는다

그럼에도
시간은 왜 그리
빠른지
벌써 말일이다
가겟세를 줄 때가 되었다

이리저리 고심해도
뾰족한 수가 없다
한 푼 두 푼
아쉬운 이때

주인아저씨의 등장
나는 무슨 말을 할까
망설이는데
내민 종이 한 장

3월과 4월
가겟세를 20%로 깎아준다는
고마운 말에
가슴이 뭉클해져 온다

기도

나는
가끔씩 힘이 들 때면
나도 모르게 무릎 꿇는다

하느님
이 난관을 극복하도록
힘을 주소서

나는 교회도
절에도 다니지 않지만
절망 앞에서는

나도 모르게
누군가를 찾으며 간절하게
기도를 한다

사과

죄송합니다
한마디면
아무 일도 아닌 것을
그러지 못해
저녁 내내
후회가 된다

아파트주차장에서
주차를 하고 내리다
옆 차에 살짝 부딪혔다
조심해달란 말이
왜 그리 싫은지
나도 모르게
뭘 그런 걸 가지고 그러냐고
좁은 공간에서 내려다보면 그럴 수도 있지
라고 말해
서로 언행을 높였다

내일은
죄송합니다
정중히 사과해야겠다
그 한마디가
뭐 그리 어렵다고
이웃끼린데

로또

인생 역전을 꿈꾸며
복권을 샀다
그리고
1등에 당첨되는 상상으로
무엇을 할까
무엇을 하지

상상만 해도 웃음이 나와
지친 마음을 위로받으며
일주일 동안
행복한 꿈을 꾸어본다

슬픈 봄

해마다 찾아가는
합천 벚꽃 백 리 길
어수선한 때
꽃구경 가도 괜찮은 걸까

강원도와 제주도에서는 몰려든 상춘객으로
정성스럽게 가꾸었던
유채꽃을 갈아엎었다고
난리인데

그래도 눈에 아른거리는 벚꽃
유혹을 뿌리치지 못하고
차에서 내리지 않고 볼 요량으로
새벽 일찍 출발했다

자욱한 안개 너머로
꽃비가
아니 수만 마리 나비가
춤을 추며 내려앉는다

황홀함도 잠시
꽃길 사이에서 현수막이 보인다
출입을 자제해 달라는 호소문이다
그래서 씁쓸히 차를 돌릴 수밖에 없었다

언제쯤 맘 놓고
이 강산 저 들녘
꽃구경을 해 볼까
올해의 봄은 슬프다

첫 끼

기침에
열이 나는 것 같다
가슴이 철렁
내려앉는다

오늘 하루를 되짚어가며
이동 경로를 추적해본다
폐쇄된 공간이나
사람들이 많은 곳에 간 적이
없는 것 같은데
왜 이럴까

가만, 배고픔에
점심을 급하게
먹은 것이 생각나
체한 것은 아닐까
활명수를 마셨다
트림이 나며
열이 내렸다

한시름 놓으며
요즈음은 열만 나도
의심되는 코로나 증세에서
자라 보고 놀란 가슴
솥뚜껑 보고 놀란다고
십년감수 하며
가슴을 쓸어내렸다

추락

추락하는 것은
날개가 있다
하지만
나는 날개가 없다
하지만 추락하고 있다

한고비를
넘었다
싶으면
또 한고비가 다가와
고달픔으로 얼룩지며

나는, 오늘도
아래 아래로
떨어지며
끝없이 추락하고 있다
나만 그런 걸까

동반자

그냥 곁에만 있어도
좋은 사람
인생이란 길에서
어떻게 갈까요

안고 갈까요
업고 갈까요
아니면 끌어 줄까
밀어줄까요

그 어떤 것도
바라지 않소
손잡고
나란히 걸어갑시다.

낚시

파란 하늘에
푸른 숲속의 호수는
물오리 자맥질에
물비늘이 파르르 일어
깊이도 가늠할 수 없고
수초가 우거진 것으로 보면
분명 물고기가 많을 듯

밑밥을 뿌리고
휘리릭 자리 잡은 찌는
동동 연못을 유영하며
세월을 낚을까
대어를 낚을까
고요한 연못에 잡념 하나 둘 풀어
세상만사 나 몰라라

면접

삶은 무엇일까
원하는 직장에서 원하는 일을 하는 것이 아닐까
하지만 갈수록 좁아지는 취업의 문턱에서
취업은 하늘의 별따기만큼이나 어려워
그래도 누군가는 취업의 관문에서
수백 대의 경쟁을 뚫고 합격을 해
다시 한 번 쳐다보게 되는 얼굴
운이 좋은 걸까

경쟁자들 사이에서
질문은 경력자에게만 이어지고
정녕 본인에게는 한 마디도 묻지 않아

그래도 이 말은 하지 않으면 후회할 것 같아
면접이 끝나고 손을 들어
출발은 늦었지만 충분히 따라잡을 수 있다고
말을 해 취업했다는
누군가가 떠오른다

면접관은
면접자의 무엇을 보았을까

커피

문득 떠오르는 얼굴
가만히 그려보면

자판기 커피처럼
달달한 그리움

커피 한잔 태워 물면
또렷한 내 님 얼굴 그려지네

택시

그녀와의 약속시간은
다 되어 가는데
택시는 오지 않고
발을 동동 구르며
애간장 태우지만
초조한 시간은 잘도 간다

드디어 빈 차가 온다
손을 들었다
저 앞에서 방금 나온 아가씨가
약 올리듯 타고
깜빡깜빡 스쳐 간다

벌써 약속시간이 지나고
그녀의 화난 얼굴이 떠올라
마음만이라도 그녀 곁으로 달려가 보지만
기다리는 택시는
언제 오려나

여백

전화기 충전은 잘하면서
내 삶은 충전하지 못하고 사네

어느 가수의 노래 가사가
내 머릿속으로 맴돌아

한 번 뒤돌아본다
얼마나 바쁘게 삶에 쫓기듯 살았나

다람쥐 쳇바퀴 돌 듯
여유 하나 제대로 느끼지 못하고 일일하지 않았나

지금부터라도 여유로운 삶으로 여백 하나 남겨두어
붉은색으로 핑크색으로 물들여 보자.

마지막 잎새

곱게 물들던 잎들이
맛깔나게 익어
바람도 없이 떨어져

이리 뒹굴 저리 뒹굴
바스락 소리를 내며
찬바람에 구름처럼 흩어지고

마지막 남은
잎새마저 뚝 떨어지며
내 삶도 꺼져간다.

인
생

최병도 시집

2020년 8월 18일 초판 1쇄
2020년 8월 20일 발행
지 은 이 : 최병도
펴 낸 이 : 김락호
디자인 편집 : 이은희
기 획 : 시사랑음악사랑
연 락 처 : 1899-1341
홈페이지 주소 : www.poemmusic.net
E-Mail : poemarts@hanmail.net

정가 : 10,000원
ISBN : 979-11-6284-225-6